新・世界現代詩文庫 17

金永郎詩集

Kim Yeong-nang

韓 成禮
Han Sung Rea
訳

土曜美術社出版販売

金永郎　1950年4月頃

新・世界現代詩文庫　17　金永郎詩集　目次

全詩篇

第一章　石垣にささやく日差しのように

第二章　牡丹の花が咲くまでは

第三章　墓碑銘

第四章　千里を上ってくる

解説

全詩篇

第一章

石垣にささやく日差しのように

果てしない川の水が流れる

私の心のどこか片隅に果てしない
　川の水が流れる
突くように昇る朝の光が麗しい
　銀の波をそそる
胸になのか目になのか、また血筋になのか
　心がひそひそと隠れた所
私の心のどこか片隅に果てしない
　川の水が流れる

石垣にささやく日差しのように

石垣にささやく日差しのように
草の下でほほえむ泉のように
私の心、静かできれいな春の道の上で
今日は一日、空を仰ぎたい。

花嫁の頬に浮かんだはにかみのように
詩の胸をそっと濡らす波のように
柔らかなエメラルドの薄く流れる
きめ細かな絹の空を眺めたい。

丘に仰向けになって

丘に仰向けになって
はるかな青い空　何気なく眺めていたら
私は忘れた　涙のにじむ歌を
あの空は気が遠くなるほどはるかだ

この身の悲しみを　丘こそ知っているだろうが
心惹かれる笑顔が　ひとときでも無かっただろうか
気の遠くなる空の下　愛らしい心　粘り強い心
私の目は閉じた　閉じた

誰の眼差しに射られたのでしょう

誰の眼差しに射られたのでしょう
恥じらうあの一面の空の色
垣根の内に桃の花は赤く
外では春がすでに騒がしいです

ウグイス　たった二羽　たった二羽のようだ
がらんとした谷も気恥ずかしくて
戸惑いの歌で白い雲を浮かべるのか
その中に入った夢はもっと騒がしいです

見て、紅葉になりそうよ

「見て、紅葉になりそうよ」
みそ甕の置き台に膨らんだ柿の葉が舞い込み
妹は驚いたように見つめて
「見て、紅葉になりそうよ」

秋夕《チュソク》*が明後日に迫っている
風がずい分吹くので心配なのだろう
妹の心よ、私を見よ
「見て、紅葉になりそうよ」

〈訳注〉
* 秋夕：旧暦の八月十五日（仲秋節）に韓国で行われる名節《ミョンジョル》。収穫への感謝を込めて祖先祭祀や墓参を始めとする行事が行われる。

牡丹雪

風の吹くままに訪ねて行くでしょう
流れるままに契りを交わしたあなただから
もしや！　もしや！　と耳を澄ましたのが
愚かだとは酷いですね

目張り紙の悲しみに身がしびれ
降る牡丹雪に胸が張り裂け
甲斐がない！　甲斐がない！　知らないはずはないのに
私に愚かだとは酷いですね

涙に載って行けば

涙に載って行けば　山道で七十里*
振り返ると寒風　墓に押し寄せる
ソウルまで千里だからとても遠い道のりだが
涙に載って行けば　一歩、一歩

木船の床の上　腫れた足を休ませようか
月の光で涙を乾かそうか
静かな海の上に歌が漂う
悲しみも恥ずかしくて　歌が、歌が

〈訳注〉
* 里：韓国では一里が約三百九十二メートルで日本の一里の約十分の一にあたる。

寂しい墓の前に

寂しい墓の前に物静かに座れば
心は沈んだ洋琴の弦のように
墓の芝生に顔をこすれば
魂は香しい玉の手のように
山奥に向かう　山奥に向かう
墓が恋しくて山奥に向かう

夢の畑に春の心

曲がった石垣を回って、回って
月が流れる　夕焼けが流れる
白い影
銀の糸をするりと纏めて
夢の畑に春の心が向かって、向かって、また向かう

愛する人を残して行く道

愛する人を残して行く道のやるせなさよ
ため息つけば消えそうな危うい夢路よ
この夜は、真っ暗などこの誰の田舎なのか
露のように浮かんだ涙を指先で払う

帯を締める花嫁の心の琴線

帯を締める花嫁の心の琴線のように
花枝にかすかな陰が差せば
真昼の私の胸に　陽炎が立ち昇る
真昼の私の胸に　陽炎が立ち昇る

草の上に結ばれた露

草の上に結ばれた露を見る
まつげに見え隠れする涙を見る
草の上には精気が夢のように昇り
胸は切実に口を開く

細道の傍らに墓が

細道の傍らに墓が一つ
露に濡れつつ夜を明かす
私は消えてあの星になろう
墓の下に横たわってかすかな星に

夢で会った人が恋しい

夢で会った人が恋しい
無言で歩いて行く　夢で会った人が恋しい
満月を過ぎた月影の心を知って悲しい
長い夜を私も一人　夢で会った人が恋しい

森の香りが呼吸を妨げる

森の香りが呼吸を妨げる
足先で玉が砕け
月を追って野路を歩き回って
一夜の夏を明かしてしまった

夕暮れ時、夕暮れ時

夕暮れ時、夕暮れ時、寂しい心
捉まえられずに歩き回れば
誰が吹かせた風なのか
涙を、涙をさらって行く

崩れた城跡に

崩れた城跡に風が強く
秋は寂しい思いだけだ
点々とした野菊が揺れながら
秋は切ないとささやいているのか

山里を遊び場に

山里を遊び場に育った娘
胸の内は玉のように澄んでいるだろうが
遠くに見える所が恋しいのか
水瓶を頭に載せたまま山道で立ち止まったりもする

あの娘はうら悲しい

あの娘はうら悲しい　あの顔、あの瞳が
秋空の果てで回る風が拭い去った雲の欠片
痩せてひんやりとして　どこに漂って行ったのか
あの娘はうら悲しい　昔の、昔の

風になびく葦

風になびく葦
早瀬に戯れる葦
知っているのか知らないのか、ため息をついて涙を浮かべた
私の青春のある日、悲しい手招きよ

干潟は胸をあらわにして

干潟は胸をあらわにして
水辺の草は恥ずかしそうに頭を垂れる
真昼に船というやつがその胸に触ったのだろう
真っ赤な素足の私もしきりにくすぐったい

優しそうに吹いてくる風

優しそうに吹いてくる風なので
私の息遣いを軽く載せて送りました
空の果てをよぎってぐるりと回ってきた風
どうしてため息ばかり煽るのでしょう

浮かんで飛んで行く心

浮かんで飛んで行く心の見え隠れする青い道を
夢だったのか　目を閉じて感じ取ろうとすれば
胸にさっと色彩が広がる
考えをやめ、涙が溜まり

他にそれを知る人

他にそれを知る人はいないだろう
その人の濡れた襟、それは涙なのだと
輝く星の下、切ない吐息が
露になって絶え間なく結ばれたのを

見えない息

見えない息の細い糸口
真っ青な空の果てに昇るように
竹やぶの隠れた心、きっと見つけようと
生はひたすら針の先のよう

愛の深さは青空のよう

愛の深さは青空のよう
誓いの軽さは白い雲のよう
その雲が消えて行く　悲しくはないが
その空　大きな調和　信じられなくはないが

憎しみという言葉の中に

憎しみという言葉の中に　目を背けたくなる苦痛
憎しみという言葉の中に　小さな悔い
けれどもその言葉　いく度も嚙みしめる時
まぶたに溢れて流れる涙

涙の中に輝く生き甲斐

涙の中に輝く生き甲斐と　笑顔の中の暗い悲しみは
ただ秋の空に漂う雲
けれども物悲しくて　やり場のない心だけ　昔も今も
寂しい夜風に洗われた　冷たい星を眺めます

夜になれば古い墓の下

夜になれば古い墓の下　頭を垂れて
昼になれば空を仰ぎ　少し笑って
広い野原の侘しい　寂しいオキナグサ
人知れず消える　明け方の疲れ果てた星

空のポケットに手を入れて

空のポケットに手を入れて　ポール・ヴェルレーヌを訪ねる日
全身から力が抜け　涙もわずかに流れた
ああ、雨がこんなにさめざめと降る日は
千の嘆きを暗唱したい

あの歌さえも目を丸くして消えれば

あの歌さえも目を丸くして消えれば
喉の奥の玉を水の中に捨てよう
陽とともに昇っては沈む　雲の中のヒバリは
新しい日、新しい島　新しい玉をくわえて来るだろう

香りがしないからと捨てるのならば

香りがしないからと捨てるのならば
私の命を摘まないでください
寂しい野花は野辺に枯れ
分別のないその人のつま先で居眠りをするだろう

丘に横になって

丘に横になって海を眺めれば
きらめくさざ波は数え切れないけれども
目さえ閉じれば浮かんでくる顔
お会いするたびにきまってあの方なのです

青く香る水の流れてしまった丘の上に

青く香る水の流れてしまった丘の上に
私の心はかげろうの翼だ
ひらりひらりと　澄んだ瞳がその翼を羽ばたかせ
虚空のささやきを聞けという

快速列車でまどろむ客よ

快速列車でまどろむ客よ
この田舎、この駅　もしかしたら乗り越してしまうかも
のどかで懐かしくて寂しい　田舎の人たちが
行き交うこの駅　もしかしたら乗り越してしまうかも

考えてみれば恥ずかしいことだ

考えてみれば恥ずかしいことだ
釈迦やイエスのように大事を成そうと
私の胸に炎の燃え上がった時期
学生という血気に包まれた恥ずかしい時期

全身を巡る赤い血筋が

全身を巡る赤い血筋が
ぎゅっと閉じた目の奥で固まっている
素早い言葉一つ　素早い刃一つ
その血筋をぷつりと切ってしまえないだろうか

第二章　牡丹の花が咲くまでは

除夜

除夜、ロウソクが溶けて流れる
堪え切れぬほど重いある星が流れるのか

うす暗い路地では皆、憂いが浮かんでは沈む
入れかえるべきこの心　この深き一夜が辛いのか

白っぽい紙の灯火　内気な足取り
清らかに泉の水を掬って注ぐ　いじらしい心根

年の瀬なので　恋しい思いを寄せ集めて　白い器に
あなたはこの夜だから　清くあってほしいと祈る

私の昔の日のすべての夢が

私の昔の日のすべての夢が　一つ残らず運ばれて行った
空の果てに届く所に　喜びは住んでいるのか

静かに消える雲を見送れば
虚しくも　心の向かうのはそこだけ

涙を飲んで喜びを探そう
虚空はあれほどに果てしなく青い

腹這いになって涙で刻もう
空の果てに届く所に　喜びが住む

あなたは号令するにふさわしい

青い波で水遊びする白い水鳥なのか
あなたは何事も無く平然としている

村を襲って命を奪った
昨晩の波乱など笑止千万なのだろう

朝の日差しに帆を高く上げ
青山*よ、見よ　旅立つ船

風を蹴飛ばし、波をかき分け
あなたは号令するにふさわしい

〈訳注〉
＊　青山：死んだ人の骨を埋める土地。

病んで横になり

病んで横になり、一人で祈る
このまま世を後にしてもいいのではないか

尽きぬ何かが忘れられず
力無くのろい血筋なのか

ただ露のように
自然に静かに消えよう

あの空の下
イチョウの葉は散って飛んで行く

かすかな香り

私の胸の中にかすかな香り
しぶとく漂う香り
夕日の静かに沈む頃
遠くの山の中腹にさまよう紫色

ああ、あの憂いの浮かんだ紫色
私の失くした心の影
二日ほどの情熱に　ぽとりと落ちた牡丹の
宿った趣の香りをこの胸に残して行ったとは

うっかり遠くに送り出した春　流れる心
探そうともがく徒労の日々

干潟に潮の水が押し寄せるように
どっと湧く熱い香り

ああ、熱い香りが湧いては引く
気まずい胸に影が漂えば
憂いが浮かび　しぶとく静かな
山の中腹にさまよう夕べの紫色

私の思いを知る人

私の思いを知る人
私だけの思いを私のように知る人
それでも　どこにでもいるならば

私の心に時々現れる塵と
偽りなき涙の切実な雫
青き夜　美しく結ばれた露のような生き甲斐を
宝のように隠しておいて、その人に差し上げよう

ああ、慕わしい
私だけの思いを私のように知る人
夢でなら遥かに会えるのか

澄んだ香りの玉の石が赤く燃えるように
愛は燃え上がりもするが
炎から上がる煙のようにかすかな思いは
愛する人も知るまい　私だけの思いは

小川のせせらぎ

風について近くに来ては遠ざかる水音
まるで風のように休むこともあれば
いっぱいの流れも波立ちつつ流れて
時には絵のように留まってから流れてみよう
夜も山の谷は寂しい　今夜一晩休んで行こう
誰かの夢に入ったつもりで　水音をなくせないだろうか

明け方、夢うつつの中でふと聞こえ
私の重い頭がすっきり洗われる
黄金の膳に玉が転がった
ああ、慕わしく香るような音よ
水よ、そこで少し留まるのだ　私は静かに
あの蒼空の銀河萬年を数えてみるから

牡丹の花が咲くまでは

牡丹の花が咲くまでは
私はずっと私の春を待っているでしょう
牡丹の花がぽつりぽつりと散ってしまった日
私は初めて春を亡くした悲しみに浸るでしょう
五月のある日、あの蒸し暑かった日
散って横たわった花びらでさえ萎んでしまい
天地に牡丹の花はその跡形すら消え
大きくなった私の生き甲斐は無念にも崩れ
牡丹の花が散ってしまえばただそれだけ、私の一年はみな過ぎ去り
三百六十日、いつも寂しく泣くのです
牡丹の花が咲くまでは
私はずっと待っているでしょう、輝かしい悲しみの春を

仏地《プルジ》庵《アム》*1

その夜のみなぎった山の精気は、気配もなく浮き上がった白い月明りでみな吹き飛ばされ
真昼が香るようにせよと響いていたせせらぎの音さえ遠く静かになり
衆香*2の清らかな石に降りた金の露が転がって散らばるように
小さくも気高い夢が一つ　尼僧の物静かな胸から身を切る思いと共に消え去った

千年の昔　追われ去って行った新羅《シルラ》*3の王子だろうか　その放つ光は清らかな須弥山《しゅみせん》*4の百合の花
きっと抜け道に慣れていない白い服を着た美しい少年が
まるでそちらの海からこちらの海へと静かに落ちる彗星の光のように
隣の山の隅にちらりと現れて前の谷の小川へとそっと消える

僧は諦めきれないようで霞みゆく夢ばかりを追いかけていたが
限りがないから、むしろ夜明けの誰も知らない尊い生き甲斐を抱いただけ

ウサギや鹿だけが走っていくのが見え　端正に描かれた男は通り過ぎて行った

美しい馬車が通ったような澄み渡った日、陽の沈む頃
僧の生き甲斐は叶ったのだろうか　痛ましい　眉目清秀な若き志士
前の小川の水の集まる真っ青な沼に身を投げたのであった

〈訳注〉
＊1　仏地庵：北朝鮮側の江原道《カンウォンド》に位置する金剛山《クムガンサン》にある寺。
＊2　衆香：金剛山にある峰の一つ。
＊3　新羅：紀元前五七年から九三五年まで朝鮮半島南東部にあった国家。朝鮮半島北部の高句麗《コグリョ》、半島南西部の百済《ペクチェ》との鼎立時代を経て、七世紀中頃までに朝鮮半島をほぼ統一し、高麗、朝鮮と続くその後の半島国家の祖形となった。
＊4　須弥山：仏教で世の中の中央にあると言われる山。

水を眺めれば流れ

水を眺めれば流れ
星を眺めれば鮮明な
心が、どうして老いるのか

昼間にため息ばかり
果てしなくさまよった
時代が、哀れで遥かだ

痛ましい涙に抱かれ
散らばる木の葉の積もった所で雨の雫を聞くように
思いはしっとり流れて流れて行くのだが

その夜を一人座って過ごせば
無心にやつれた頬も触ってみる
咲けずにしおれた花よ、さあ散ってお行き

降仙台《カンソンデ》*の針のような石の端に

降仙台の針のような石の端に
取るに足らぬ人間が一人
彼はもはや
燃え上がる湖に飛び降りて
自らを燃やしてしまった方がよかった人間

もう何年になるのか
その恍惚に出会っても　この身をすぐに投げ出せず
そのまばゆさを見ても　歌はいつまでも歌えないまま
押し寄せる波と闘っては越え
苦しめられた心だから　時には涙が浮かんだ

降仙台の針のような石の端で　すでに
燃やしてしまった方がよかった人間

〈訳注〉
＊　降仙台：金剛山の水晶峯《スジョンボン》にある台。土や石などで高く積み上げられて周りを見渡せる場所。

蟻差《ありさし》*1のよく合わぬ古風な縁側に

蟻差のよく合わぬ古風な縁側にひっそりと座り
未だ昇る気配もない月を待つ
何も考えず
いかなる志もなく

今、あの柿の木の影が
そっと一寸*2ずつ近づいて来て
この縁側に色鮮やかな座布団が
ふわっと敷かれれば

私は、私一人だけの寂しい友
か弱い私の影と

言葉なく動きもせずに向き合っていれば
この夜を越えて行く足跡などが聞こえて来るだろう

〈訳注〉
＊1　蟻差：建築で、部材を接合する仕口の一つ。蟻枘（ありほぞ）を交互に組み合わせたもので厚板などの接合に用いる。
＊2　一寸：長さの単位。

庭の前の澄んだ泉

庭の前の
澄んだ泉を覗いてみる

その深き地の下に
捕われた魂がある
いつでも遠くの空ばかり
眺めているようだ

星のきらきら光る
澄んだ泉を覗いてみる

その深き地中に

安らかに横たわる魂がある
今宵　その目は輝き
その肉体を呼んでいるようだ

庭の前の
澄んだ泉は私の魂の顔

恍惚の月明かり

恍惚の月明かり
海は一面の銀
天地は夢のように
これほどまでに静かだ

呼べば降りて来そうな
情の深そうな月には
清らかで柔らかな歌が
響いているようだ

あの一面の銀の上に
落ちるのならば

月よ　まさか
砕けようというのか

落ちてみよ
月よ　さあ落ちよ
その混乱した
美しい天と地の動き

もの寂しい真夜中
山の上に独り
夢見る海
目を覚ませられない

ホトトギス

鳴いて血を吐き　吐いた血をまた飲み込んで
一生を恨みと悲しみでやつれた小さな鳥
お前は広い世界に血で悲しみを刻みに来て
お前の涙は数千の歳月を絶え間なく濁した
ここは遠い南の地　追われるお前が隠れられる遠く離れた所
月明かりがあまりに恍惚として静かなこの夜明けを
身のすくむお前の鳴き声は深い海の底の魚を驚かせ
空の果ての幼い星たちを　ぶるぶると震えさせるだろう

何年になったのか　この真夜中ににじむ涙を
拭うことができず溜まったまま流したから
悲しく寂しくやつれたこの身は

浴びせるように注いだお前の盃にただうなされたから
恐怖症になるこの夜明け　近くで響く冥途の歌
あの城の下を回って行く死の誇らしい声よ
月明かりでむしろ心の暗くなるあの白い灯をすすり泣きながら過ぎて行く
長い間しおれて蒼白な心までも持って行くといい

嘆きの魂は赤い心だけ　一つ一つ不満そうで
深き春　獄中で春香《チュニャン》＊1は死ななかったのか
昔、王宮を出た幼い王が
山奥へ一人で泣きつつお前について行ったが
古今島《コグムド》＊2に向かい合う南の海岸　恨み多き流刑の道
千里を走る子馬の鈴の音は休むかのように止まり
志士のやつれた顔を青い水に映した時
お前は恨めしい鳴き声で死を誘って歌ったのだろう

お前が鳴かなくてもこの世は悲しくつらいのを
早春の森が緑に染まり　草の香りが芳ばしく

細い竹の葉に三日月が掛かって物悲しく明るい闇を
お前はひどく切なくて身もだえしつつうっうっと声を詰まらせる
鳴かなければ消えてなくなる　ああ、不幸な魂よ
さえずるツツジは一斉に花を散らせて跡を消す　この真夜中のお前の鳴き声
かすかな一連の山がそっと退き
小さな田舎がにぎわいを見せる

〈訳注〉
＊1　春香：「春香伝《チュニャンジョン》」の登場人物。「春香伝」は朝鮮時代の小説で、妓生の娘の春香と貴族の息子である李夢龍《イモンニョン》の身分を越えた恋愛を描いた物語。
＊2　古今島：全羅南道莞島《ワンド》郡にある島。朝鮮時代に多くの官僚がこの島に流刑された。

清明*

ざわざわ　ざわわ　秋の朝
肩で呼吸して清明を吸い込みながら歩けば
茂みがざわわ　虫がざわわわ
清明は私の頭の中　胸の中に染み込み
つま先　手先から漏れて流れる

肌や体毛はすべて目であり口なのだ
私は茂みの情が分かり
虫の知恵が分かる
だから私もこの朝の清明の
最も美しくない歌い手になる

茂みと虫は寝ては起きるおさな子だ
夜通し吸っても露は残った
残ったのなら私におくれ
私はこの清明にも餓えているから
部屋にドアを取り付け　壁に向かって呼吸したではないか

陽の光が始めて射して
清明は突然　絢爛な冠をかぶる
その時にぽとりと椿の実が一粒落ちる
ああ、その輝き　その静けさ
昨夜空を追われた彗星の光の流れがそんな風だった

すべての音の初めの音であり
すべての色の始まりなのだ
この清明に温かく肩を揺する私の心
馴染んだ感覚の故郷を見つけたのだ
一生離れられない私の家に入ったのだ

〈訳注〉

＊　清明：二十四節気の一つでふつう四月五、六日ごろから天気が澄むので付けられた名前であるが、ここでは、天気や声が澄んで明るい、または形がきれいで鮮やかだという意味で使われている。

第三章　墓碑銘

来ないあなたが恋しくて

来ないあなたが恋しくて
散った花びらが悲しいと言ったのか
空《から》の手を握り、やってきた春が　手ぶらで去って行くだろうが
流れる涙なら　あなたの心に染み込むだろうに

コムンゴ[*1]

黒い壁にもたれて立ったまま
二十回も年が変わったが
私の麒麟[*2]は永遠に鳴くことがない

その胸を揺さぶった老人の手
今はどこかの終わりのない饗宴に高く腰掛けているのだろうか
地上の寂しい麒麟よ　もう忘れられたのだろうか

外は荒れ果てた野原　狼の群れだけが寄り集まって徘徊し
人のように装った猿の群れがうろつき回り
私の麒麟は身も心も休める場所がなくなる

扉を固くしっかりと閉ざして壁にもたれて立ったまま
また一度、年が変わるというのに
今夜も私の麒麟は心おきなく鳴くことができない

〈訳注〉
＊1　コムンゴ：玄琴。日本の琴に似た朝鮮の伝統楽器。弦は六本あり、左手で弦を押え右手に持ったスルテという棒で弦を弾いて演奏する。
＊2　麒麟：中国神話で聖人が出る前に現れる伝説の霊獣。形は鹿を、顔は龍に似て、牛の尾と馬の蹄と鬣を持ち、背毛は五色に彩られている。

伽耶琴《カヤグム》*

北へ
北へ
鳴いて進む　渡り鳥

南方の
竹やぶの下
誰が飛ばしたのか
先に立ち　後に従い
乱れるはずはないが
か弱い糸

あなたの命が危うい

〈訳注〉

＊　伽耶琴：朝鮮の伝統的な撥弦楽器。カヤッコとも呼ぶ。桐で長い共鳴胴を作り、その上に十二弦を張る。

色彩が明るく

色彩が明るく
東の窓に昇ってくるのを待っているのか
九日目の幼い月が
呼ばれてもいないのに一人で昇ってきた
東の嶺に月が出る
全国の人をすべて迎えよう
気配もなく従う心
あなただけが一人で包み込んでおくれ

凧 一

私の幼い日！
遥かに遠い空に浮かんだ凧のように
風にきらめく凧糸のように
私の幼い日！　かすかだ

空は青く果てしなく
ぴんと張った凧糸が危うく
ああ、白い凧はいつの間にか高く
遥かに高く浮いて遊んだ　私の幼き日！

風が起きて糸の切れた日
母さん、父さん　呼んで泣く

点々と見える　白い糸目が悲しくて
朝晩木の下で泣く

ああ、私の幼き日　白い服を着て
寂しく育った　白い魂を込めて
不安な道に赤い足跡
足跡一つ一つに涙がよどんでいた

五月

野道は村に入れば赤くなり
村の路地は野原に降りれば青くなる
風はうねって数千、数万の畝
畝と畝に日差しが分かれ
麦も腰回りを恥ずかしげに現す
ウグイスはまだ一人では飛べない
雌だから追われるだけ
雄だから追いかけるだけ
黄金に輝いた道がまぶしいだけ
薄化粧をして　愛嬌に満ちた
峰よ、今宵あなたはどこに行くつもりなのか

毒を持って

私の心に毒を持ってからずいぶん経つ
まだ誰も殺めたことのない新たに盛った毒
友はその恐ろしい毒を撒いて捨てろと言う
私はその毒が友でもすぐに殺めるかもしれないと脅す

毒を持たずに生きてもいずれ君と私まで去ってしまえば
億万の世代がその後に静かに流れて行き
後に大地がすり減って砂粒になるのに
「虚しい」毒など持っていてどうするのだ?

ああ、私はこの世に生まれたことを恨まずに過ごした日が
一日でもあっただろうか「虚しい」しかし

前後から飛びかかる狼と山犬は今まさに私の心を狙っているので
私が生きたまま獣の餌となり、ひっかかれて引き裂かれるように投げ出された身の上なので
私は毒を持って従順に進んで行くだろう
最後の日に私の寂しい魂を救うために

墓碑銘*

生前にこれほどまでに寂しかった人
どうして墓の下に碑石を立てるのだろう
焦燥した旅人のため息など
擦り減った古い墓によく漂っている
日々寂しいと出て行ってしまう人
それでも墓の下に碑石を立てるだろう
「寂しいのなら私の傍で休んで行け」
恨みの一言を刻むのか

〈訳注〉
＊　墓碑銘：墓碑に刻んで故人を記念する銘文。一般に簡潔な表現のものが多い。

凍った大地一尋[*1]

凍った大地一尋を続けて掘っても
鍬が痛々しく土にぶつかる
凍ったまま埋めておくのはかわいそうだが
春になれば溶けて泣きながらむずかるだろう

二尺三寸[*2]も雪が積もっても
根には近づけない
茎の死んだ二月、三月[*3]に青みを帯びて
草の葉は一面に広がって行くだろう

〈訳注〉
＊1　尋：両手を左右に伸ばした時の指先から指先までの長さを基準にし、一尋は約五尺（一・五一五メートル）もしく

は約六尺（一・八一六メートル）。
＊2　二尺三寸：約七十センチ。一尺は約三十センチで、一寸は約三センチ。
＊3　二月、三月：ここでは旧暦の二月、三月である。

一握りの土

もともと平静な心ではなかっただろう
無理にのこぎりで引いて千切れ千切れに裂いた

風景は目を引くことができず
愛が思いを乱させないのだ

諦めて恨みもせずに生きている

いったい私の歌はどこへ行ったのか
もっとも神聖なものはこの涙だけ

奪われた心をついに取り戻せず

飢えた心を充分に満たせず
どうせ体もやつれた
急いで棺に釘を打ち込め
どのみち一握りの土になるのだ

川の水

寝床が悲しくて起きた
夢が良くなくて目を覚ました
枕に涙は冷たく滲んだけれども
流れ切れずに一滴が執拗に溜っていた
夢に見た川の水だからそれがとても見たかった
もくもくと湯気が上りつつ下って行く川の水
土手を一人で歩いていたら
カモとカモメもキイキイと鳴く

川の水はなみなみと流れて行きつつ
不安なその夢も浮かべて運んで行った

夢でない現実のあらゆる悲しみも
川の水はしきりに浮かべて運んで行った

通りに横になり

手足をぐっと伸ばして通りにばたんと横になる
きらきらと嵌め込まれた星が滴るようにゆらゆらと
燦爛さばかりがそれほどに悠久だった

人々よ　なぜ私をうるさく揺さぶるのか
たかだか罪人の顔を隠す編み笠のような私のほら穴を訪ねてくるように

夜明けの真っ只中　「太陽」と「道」は使い物にならない
燦爛さばかりがそれほどに悠久なのだ
私の祈願も世紀を超えるのか

歳月が感激をむしばむので

毎晩酒の霊にせがんだ

そうだ人々よ　そんなにおとなしくしているつもりか
一つも悲しくなくて　二つ目も切なくもない
幼い子を座らせてなぜはっきりと言えないのか

その時、家の垣根を乗り越えて行けなかったその志士は
いっそ喉が乾いたままで死罪の毒を飲んだのだ

偶感*

力強い言葉一つ　懐かしくはないか
私の気に入ったまさにその一言！
口の中を回り耳に未だに響いている

四十に近い歳、私は早く生まれて良かった
はらわたが切られる悲しみも味わってきて良かった
肝臓と胆のうはかろうじて残ったのだから

父さんは嫌いだ　あまりに早く私を生んだ
息子も嫌いだ　あまりに遅く生まれた
私の年がちょうどよい　一番悲しく育った

幸せを探そうと　みんなおかしくなっている
自分一人のためだけではないと　生意気にも人の幸せまで！
みんな持って行って仏様に捧げよ　患った妻を慰めよ

春になると力強い言葉があちこちで生まれるようで身がすくみながらも
心は蘇えるようなのだが　私の居場所はいつも悲しい幸せで満ちている

〈訳注〉
＊　偶感：偶然に心に浮かぶ思い。

私のささやかな歌

あなたは私のささやかな歌を聞くだろうか
花は一面に咲き　蜂の群れはぶんぶん唸り
あなたは私の陰りのない歌声を聞くだろうか
霧が深く青い谷全体を覆っている
あなたは私のただ静かな歌を聞くだろうか
春の波はなぜ起きるのか　ざぶんと音を立てるのだが
私の声は衣を脱いで春を嫌がる
静かな声　ときどきほろ苦い声

薄暗い月夜　赤い椿の花を摘みとって
心を摑むようにぎゅっと握る

家

私の家ではなく
お前の家なので
飛ぶように早く戻っておいで
軒の欄干が
お前たちの痛ましいささやきをよく知っている

私の家ではなく
お前の家なのだ
父が去った後　遠い日
息子と孫も目を覚ます
扉の隙間でお前は何代悲しく泣いたのか

私の家ではなく
お前の家なので
空を飛んだ銀杏の葉が
狭い縁側の隅を懐のようにして抱かれる
太古からの澄んだ風がそこに住んでいる

ああ、私の家なので
十年も二十年も
座って横になっただけ
門の外からせわしい客が
道に迷って訪ねてきて

手垢や肌のにおいの染み付いた手すりは
しばしば私を抱いてのんびりしている
一つか二つ　白い雲も消えていくが
一つか二つ　しでかした恥ずかしいこと
青い空のように遥かになった

春香

首枷をかけられて獄につながれた春香は
自分の心がこれほど強かったのかと驚いた
城門が崩れても歯を食いしばり
郡守を睨みつけた驕慢な目
彼女は昔、成学士《ソンハクサ》*1や朴彭年《パクペンニョン》*2が
焼き鏝を当てられても平然としていたことを覚えていた
ああ、ひたむきで一途な心

恨み多くも強く持った心で安らかに眠り夢も見た
監獄の初日の夜は長くて恐ろしい
悲しみが身に染み、疲れ果てて倒れれば
南江*3の寂しい魂が呼ばれて現れる

論介《ノンゲ》*4、幼い春香をしっかりと抱きしめて
夜どおし身も心もさすっている
ああ、ひたむきで一途な心

愛が何だというので
貞節が何だというので
そのせいで美しい春香はやむなく獄死せねばならぬのか
ムカデや青大将のような卞学道《ピョンハクト》*5の
身の毛のよだつ顔に気を失っても
幼い心を優しく守ってくれるあの方への思い
ああ、ひたむきで一途な心

傷つきあざのできた節々をさすりながら
涙は、燃え尽きた内臓を濡らしながら落ちた
柳の葉が窓の格子を軽くかすめる季節になっても
あの方の馬の鈴音は聞こえなかった
夜を明かし彼女は断腸の思いで別れを悟る

ホトトギスが幾度も鳴き　南原の町も壊れ
ああ、ひたむきで一途な心

冬の夜は深まり　雨風が音を立てて
血の塗られた獄の格子窓を打ち付け
獄で死んだ怨霊たちが隅で悲しげに泣く
穢れなき春香も気を失って体を投げ出した
夜の明けるまで気絶していて
陽の昇る頃に目を覚ます
ああ、ひたむきで一途な心

信じて祈願し、会いたくてたまらなかったその方が
死ぬ直前に来てくれた　春香は生きることができるのか
乱れ髪の幽霊のような顔の春香をみて
その方は残酷にも笑った　自分のために守った貞操が誇らしくて
「我が家はすっかり潰されて今や乞食になった」
紛れもなくその方だった　春香は恨んだりもしなかった

ああ、ひたむきで一途な心
我慢強かった春香はその明け方に再び気を失い
再び目を覚ますことはなかった　ホトトギスは鳴いたが
その方に再会して望みを果たしたものの生き抜く力はすでになく
全身の青い脈も果ててしまったのだ
地方へ派遣されてきてその果てに御史[*6]は春香の体を抱えて泣いた
「私が卞氏より残忍非道だったから春香を死なせてしまったのだ」
ああ、ひたむきで一途な心

〈訳注〉

＊1　成学士：朝鮮前期の文臣、学者、政治家である成三問《ソンサムムン》（一四一八年～一四五六年）のこと。

＊2　朴彭年（一四一七～一四五六）：朝鮮前期時代の文臣。学問研究機関である集賢殿の学士。世祖によって王位を追われた端宗の復位を図ろうとして処刑された死六臣六人の中の一人である。

＊3　南江：韓国慶尚南道晉州市にある河川。

＊4　論介（?～一五九三）：朝鮮時代の妓生、義妓。日本の一武将を岩の上にさそいだし、抱きかかえて共に南江に身を投じた人物である。

＊5　卞学道：「春香伝」の登場人物。南原府使として赴任し春香にそば仕えすることを強要したが、叶うことなく酒に溺れ政事を顧みなかった。春香の婚約者、李夢龍によって罷免される。

＊6　御史：朝鮮時代に王の命令により特別な使命をおびて地方に派遣され、秘密裏に地方官吏を監視した官吏。

太鼓

あなたは歌いなさい、　私が太鼓を敲きましょう
ジンヤンチョ[*1]、ジュンモリ[*2]、ジュンジュンモリ[*3]
オッモリ[*4]　激しく敲いてみよう

こんなに息をぴったり合わせられるのは
人生で滅多にないほど難しいこと　清々しいこと

歌から離れれば太鼓はただの皮であるだけ
打ち違えたら萬甲《マンガプ》[*5]も息を整えて呼吸するしかない

拍子をとるという言葉では足りない

歌を生かす伴奏などは通り越して
太鼓はむしろ指揮者なのだ

歌を支える名高い太鼓なので、短い拍子はすべて忘れた
ドドン！　動中静である　騒がしさの中に静けさがある
人生が秋のように熟して行く

あなたは歌いなさい、私が太鼓を敲きましょう

〈訳注〉
＊1　ジンヤンチョ：韓国民俗音楽の調子の一つで、長短の最も遅い拍子。
＊2　ジュンモリ：韓国民俗音楽の調子の一つで、中ぐらいの速さの拍子。
＊3　ジュンジュンモリ：韓国民俗音楽の調子の一つで、ジュンモリより速い拍子。
＊4　オッモリ：韓国民俗音楽の調子の一つで、とても速い拍子。
＊5　萬甲：宋萬甲《ソンマンガプ》（一八六五年～一九三九年）のこと。近代最高の東便制パンソリの名唱。

海に行こう

海に行こう　大きな海に行こう
私たちは今や高い空と大きな海を思う通りに自分のものにした
空が海であり、海が空なので
海と空　すべてを得たのだ
そうだ、それで胸がいっぱいになった
私たち皆行こう　大きな海に行こう

私たちは海なしに生きてきた、息を詰まらせて生きてきた
それで縮み込んで泣き喚いていたのではないか
海のない港に囚われた身は
肌が裂け、骨が飛び出し、魂が散らばって
危うく完全におかしくなってしまうところだった

ああ、海がはち切れそうだ、大きな海がはち切れそうだ

小舟に乗って済州島に行って来て
丸木船で倭の島にも行って来た
しかし、それが海と言えるか
飛び越えられるほどの小川だ
私たちは三年かかっても大きな船を造ろう
大きな海、広い空を私たちは得たのだ

私たちは大きな船で出発しよう
青い波をかき分けて台風を蹴飛ばして
空と触れ合ったあの水平線を貫いて行こう
大きく号令をかけて発とう
海のない港に捕らわれた心たちよ
さっと払い落として立ち上がろう、海が君たちの家だ
私たちは鎖から解き放たれた魂だ、解放された民族だ

胸に多くの星を抱こう
手に触れる母の星、赤ん坊の星
頭にはいっぱいに宝を載せておいで
足元にぎっしり敷かれた珊瑚よ真珠よ
海に行こう、私たちは大きな海に行こう

たそがれ

秋の日、たそがれのかすかな流れの上に
ひっそり載せられてふっと消えて行くもの
忘れていた春　紫色の古い香りなのか
すでに消えてしまった千里離れた山びこ
長い歳月　辛酸をなめた薄暗いパステル

切ないような
少し悲しいような

ああ！　すべて戻ってはこない
遥か過ぎし日　逸した心

第四章　千里を上ってくる

夜明けの処刑場

夜明けの処刑場には霜に満ちた魔の息遣いがひどく身をえぐります
パンパン、パンパンパンパン　バタバタと倒れます
皆勇ましく澄んだ目を持った若者たち、生まれる前にすでに主君を奪われた太極旗を取り戻すため
　に三年かけて正道を先立って歩いた若者たち
パンパンパンパン、パンパン　ひっきりなしに倒れます
理由の分からぬ集団死、無念の集団死
最後の息が途絶える時にも忘れられないのは
下弦の月の下、鐘鼓山《ジョンゴサン》*の頂上に翻った太極旗
ああ…滅びて行く祖国のこの姿
どうして目を閉じられようか
ごらん　あの溢れ出る冷たい血の流れを
血をたっぷり飲んだあの太陽が七回も昇るように

生臭いにおいは死の街を覆って息がすべて絶えたので
処刑をしばらく休むその夜明けごとに
血を洗う水車が涙を幾度も浴びせても
ごらん　あの溢れ出る鮮血の冷たい流れを

〈訳注〉
＊　鍾鼓山：全羅南道の麗水《ヨス》市にある山。

絶望

玉川《オクチョン》*の長い丘に倒れた死、集団死
鮮血は溢れて流れ、十里の川の水が赤くなりました
冷たい秋の風が三日間吹いて、血の川の水は凍ってしまいました
これは、何と残忍な死なのでしょうか
これは、何と前例のない惨事でしょうか
祖国を守ってくれると信じた我が軍兵の刃先で
太極旗がずたずたに引き裂かれて燃えています
青春の、星のように輝くその目は
悪の毒酒で泥酔した軍兵の刃先で
残らずえぐられて燃えて死にました
これは、何という災いでしょうか
私たちの血はそれほど不純だったのでしょうか

この何とかいう政治の名の下に
どんなに恨み骨髄に徹する敵だったからといって
ある民族の息子や娘だっただけなのに
なぜ、こんな硫黄の火で焼け死んだのでしょうか
根本が何であっても問題ではありません
いかに死んだとしてもこんな死に方はあり得ないでしょう
生きたままで肉を削られて死にました
生きたままで目をえぐられて死にました
刀ではなく弾丸で四肢をずたずたに断って燃やしました
一民族の血にこんな不純な血が混ざっているのをようやく深く悟りました
ああ！　私の不純な血筋、呪われた血筋
山の畝や川辺に捨てられたまま真っ黒に鉛の毒にまみれた一つ一つの死
弾丸が五十発、七十発、八十発の穴を開けました
弟が兄を殺したのがこれです
甥が叔父を殺したのがこれです
どれほど恨み骨髄に徹する敵だったのでしょうか
どんな政治の名の下に行われたのでしょうか

これでもこの民族の希望を見届けられるのでしょうか
思いは断ち切られ、涙だけが流れていきます

〈訳注〉

＊　玉川：全羅南道順天《スチョン》市にある川。

民族の新年[*1]

年は暮れるたびにその犯したすべてを忘却の大海に流すのだが
私たちは新年を再びもっぱら希望をもって迎える
遥かに檀紀[*2]四二八一年
ある山に白い雪が積もったままで
民族は一様に増えて大きくなった
起こって滅んで　すべての暮らしは
わざわざ掘り出して問いただすまでもない
長き五千年の間、ほとんどはまともだった
四十年の恥辱は一時のひどい夢
四年の辛い思いはいまだに涙となる
この朝、この胸が真にいっぱいになった
国が初めて世界平和の大きな柱となって

国民は人類のために大事を担うのだ
長い五千年を合わせて一年だ
この年に初めて迎える民族の新年
まだ果たしていない大業を成す、遮るものなく始まる新年
この初日、民族は手を取り合って歌を歌う

〈訳注〉
＊1　新年：この詩は一九四九年の新年の祝詩である。
＊2　檀紀：朝鮮の檀君即位の年を西暦紀元前二三三三年とし、これを檀紀元年とした紀年法。

凧　二

榎*の高い枝の先に絡みついた擦り切れそうな白い糸に人は気が付かずとも
十五日前に山を越えて遠くへ飛んで行った私の凧が残した最初の小さな悲しみの種
生まれて初めて高く浮かべた喜び、味わった喜び
切れていなかったらこんなに悲しくはないだろう
冷たい風をあびながら鼻水を垂らしながら、その冬はずっとその糸を眺めに行ったので
私の人生はその時からすでにしおれてしまったような気がする
分別のある大人だと自慢しても、その糸のような病の糸口が
心のどこか片隅に潜んでいて　現れては消える
ああ！　分からない
吹いては止む風に燃えては消えた火の粉
ああ！　人生も民族もすべて遠ざかってしまった

〈訳注〉
＊　榎：ニレ科エノキ属の落葉高木。雌雄同株で、高さ二十メートル以上、幹の直径は一メートル以上になる。

忘却

歩みを止めて佇めどはっと思い浮かぶこと、それは死
その死を三十の頃からまったく忘れて生きてきたのに
どういうわけかこの頃しきりにその死が間近に迫っている気がして
よくぴたりと立ち止まって大通りを抜けてゆく葬式の行列を眺めている

私が去った後も歳月はただそのまま流れてゆくだけなのだ
私を抱いて育ててくれた山川も数万年いつもその姿は美しいままだろう
永遠に過ぎ去った日々とこの世から何も持ってゆくものはないので
再び私を探し、呼び求める者がいるだろうか　億万の永劫が遥かなだけ

山川が美しくても歌声が澄んでいても　愛と芸術が辛く甘味だったとしても
ただ儚いもの　すべて生きるということは儚いもの

短かかったその期間が幸せだったとして偽りだったとして　何がどれほど違うのだろうか
みな同じではないか、いや他人の方がましなのか　すべては儚い

いつの日か輝いていた両眼を閉じて瞑想しても涙は流れ、苦しみ隠れ、いずれは去るのだ
さらに銃剣の間をさまよって死ぬ悲運に生まれた民族なので
死が怖いと言って、今更何が卑怯なのかと幾度も繰り返すのだけれど
死―終わり―この虚しい思いは私の心をなぜ強く摑んで放さないのか

忘れよう―忘れてみる　過ぎし日でなく迫っている私の死を
ああ！　死も忘れられるものなら
しかしいったい死は忘れられるものなのか
長くて遠い世紀はその死のすべてを忘却してしまったのだが

昼間の騒がしい音

ほろ酔いの昼間の騒がしい音が広がっていたが
すぐに崩れ落ちるように
古びた壁紙の香りが漂い
あそこぐらいにかかっているはずの白くすっきりした月
長く広がった雲を巻いてゆくこともできない風なので
重々しく踏み出した夜の黒い足取りだけが
つらい魂を踏みにじるのだ
ああ!　幾日を、さらに幾日を
駆けてみたり　飛んでみると言えるだろう
うつろな風景を抱いて静かに立つ

感激8・15

煉獄*1の半世紀、踏みにじられて圧迫されても再び敢然と火のように立ち上がる我らは大韓、一つの民族
鉄の鎖がするりと解かれたその日
どこに一つ異端があって行列から抜け出したのか
三千万はそれぞれの胸に描いた独立を叫んだだけ

国土が難しい経緯度に位置していると言って泣くべきなのか
高句麗や新羅の時にはどうだったのか調べてみよ
聖朝*2の成し遂げたこの大地は天下の陽だまり
三千里が狭くて恨みがあるなら英国の領土をみよ
奇跡でなければ迎えることのできなかった民族の指導者
その聡明、その度量、この国は盤石の上に立つ民主の砦

もはや日本との戦いも終わったようだが
解放の後の四年間、誰のせいで血を流したのか
万年共和の世界憲章と歩調を合わせる大韓民国
民主憲法が間違ったのか　土地の改革は行わないのか
まったく、大西洋憲章[*3]が不足だということなのか
四十八対六[*4]なのに、六のほうが正しいということなのか
鉄のカーテン[*5]は息が詰まっても独裁なので良く
民主開放が明朗であっても人権平等は嫌だと言うか

四十年間、苦難を経たにも拘わらず魂の残った民族なのだ
四年ほどの戦いなんて、私たちは百年も不死身だったのだ
今はもう是非を問う時ではないのだ
倒れた同志の屍を踏み超えてひたすら前進するのみ
大義への死が永遠の生であることを三千万すべてが知っているから
大義の大韓、その行く手に狡猾な謀略と凶悪な暗闘はあってはならない
見よ　あの血で包まれるだろう失地回復の数万の旗

聞け　百万の聡明な者たちの地軸を揺らすあの誓いを

〈訳注〉

＊1　煉獄：カトリックの教理で小罪を犯した死者の霊魂が天国に入る前に火によって罪の浄化を受けるとされる場所、及びその状態。天国と地獄の間にあると言う。

＊2　聖朝：当時の朝廷や天子を敬っていう語。

＊3　大西洋憲章：一九四一年八月十四日、アメリカのルーズベルト大統領とイギリスのチャーチル首相が大西洋上で戦後の世界秩序についての構想や、国連の発足の理念を示した共同宣言。

＊4　四十八対六：国連は一九四八年「第三国連総会」において、四十八対六で大韓民国政府樹立を承認した。

＊5　鉄のカーテン：第二次世界大戦後、ソ連を中心とした社会主義陣営の政治的秘密主義を指して資本主義陣営が諷刺した言葉。

五月の朝

雨の上がった五月の朝
思いを乱すウグイスの鳴き声
荘厳に輝く日差しが広がってゆく

霧雨が夜明けを濡らす頃
ホトトギスの胸を張り裂く声　血の滲んだすすり泣き
一杯の昔の香りで
この心がたっぷり濡らされたわけではないのだが

この朝の新しい光に小さく揺れる若葉たち　あれほどに柔らかく
その巣にチュンチュンと声を上げ寝床を探す鳥の足首はざらざらで
閉じた心、くしゃくしゃになった思い　今すべてが慰められたようだ

ウグイスは再び蒼空を揺らす
誇らしくて新しい空を豪華にするのだ

ジャコウの香りを忘れたなどと言っては
不惑は自慢にならない
朝のウグイスが呼ばない魂よ
夜明けのホトトギスが摑めない心よ
真昼が静謐ならまた何をするのか

あのウグイスは心の広い少年なのだ
明け方のホトトギスよ　長く中年であり
自ら不惑を自慢した者

行軍

北へ　北へ
鳴きながら向かう渡り鳥
南方の竹やぶの下に
誰が飛ばせたのか
キーキー　キー
冷たく薄暗い月夜
凍った空に染み込めず
哀れな行軍

キー　弱々しく遠い
空はむせび声も出す

茂みの下の小さな泉

茂みの下の小さな泉
いつも白い雲の漂う高い空だけを眺める
茂みの奥の澄んだ泉
広い空、数万の星をそのままきらめかせて胸に嵌め込んでいる小さな泉
釣瓶をこぼして水がめの端が割れ、きらびやかな星くずの散らばる音
絡まって水に浸かった玉のような手の肌が
大きな星の世界をかき回しても澄んでいる泉
日も暮れる頃、あなたは急ぎ足でふと通って行くだけ
その夜、またあなたと私と泉、三つがひそひそと
どんな香しい話で夜を明かしたのか
泉は胸の張り裂けそうな若い夢を今もそのまま持っているだろう
今夜、私一人で降りて行こうか　降りて行こうか

池のほとりの思い出

深まった冬　日差しの暖かい日
大きな池のほとりの、とうに忘れていた畔道をそっと歩き、何気なく座り込む
転がってはとどまり一カ所にこんもりと積もった落ち葉　その上に座り込む
はらり　かさかさ　もしかして私はこんなに意地が悪いのか
自分の体の大きさを私は知っているのに　何でもないように座れるのか
池の水は寒さでもすり減る　凍りもしない天気　落ち葉が数えきれぬほど埋もれた黒い泥土と水か
　さもずい分減って少しだけ現れている
流れないといっても細かい波はひびになる
この池はどうしてこうなのだろう　これがまさに死の水なのだろうか
ただ静かだ　泥土の中には一匹のミミズも体をくねらせていないのか　小さな泡も立たない　ただ
　静かだ　その水の上に散る枯れ葉も一つもないのか
日差しが暖かいので私は不慣れながらも人生を感じる

溢れる日差し　それは春の日だったろう　そうこの池のほとりだった
彼女とたった二人で白い麻の真新しい服を着て　青い苔でも万一踏みはしないかと石の上に座り
　満ち溢れる春の波に漂って遊ぶ白鳥をからかい
まだ青春を互いに愛していたのだった
ああ、私はこのごろ不慣れながらも人生を感じる

（十二月十四日）

いつどんなときも

いつどんなときも
うまく進んでいくために
安らかに進んでいくために

たとえ体の
具合が悪く疲れていたとしても
心安らかに
進んでいくために

一万の真心
集めてみよう

瞬く間に春は矢のごとく過ぎ
中年はひどくさびしくても
この虚しさからは離れねばならぬ

体がずたずたに
切り裂かれ刻まれても
心安らかに
進んでいくために

ああ！　これが
一生を磨く狭き道

千里を上ってくる

千里を上ってくる
ふたたび千里を上ってくる
ロバに付けた鈴の音、駆けてくるひづめの音
青雲の大志は集まり来る　集まり来る
南山《ナムサン》*1、北岳山《プガッサン》*2のいく筋にも伸びた谷間
薄い霧　その下に古い苔と青い松柏*3
朗々と響く　青衣童子*4の文を読む声
国が高くそびえ　築かれていく
人定《インジョン》*5が鳴り、八門*6が堅く閉じられても
謀反を企てる家臣や外国の盗賊が時々城壁を越えて火を放った

崩れ落ちた金の殿閣　今はかえって民族の香りのするすぐれた才能となった
燦爛たるパゴダよ[7]　私たちはあなたの前に心から頭を下げる

鉄道の通った日　ノドゥル鉄橋[8]
不思議で遥かな国をそっと持ってきて置いた
ソウル、この国の華麗な朝の市だ
民族の新たな春風に戸惑って羽目を外した生娘たちはいなかっただろうか

南山に登り　北漢山《プカンサン》[9]、冠岳山《クァナッサン》[10]を万遍なく眺めても
私たちは間違いなく山の精気が生んだ者たちなのだろう
そびえ立った山の頂には皆　たくさんの谷間には皆
私の姿　私の心　ホトトギスが鳴き　ツツジが咲き

高い峠　浅い谷　揺れる糸口のような道
静かで　寛大で　落ち着いてさわやかだ
白馬のいななきが響く日には
黄金のウグイスが悲喜を奏でるだろう

〈訳注〉

＊1　南山：大韓民国の首都ソウルの中心に位置する海抜二百六十二メートルの山。
＊2　北岳山：ソウル・鍾路区の景福宮北側にある山で、白岳山とも言う。
＊3　松柏：松と柏。寒い冬にも、青さを失わない気概を象徴する意味で中国や韓国の詩でよく使われる言葉。
＊4　青衣童子：仙人の身の回りの世話をするという青い服を着た幼い男子。
＊5　人定：朝鮮時代、通行の禁止を知らせたり、解除するために鳴らした鐘。
＊6　八門：ソウル市内にある四大門（東大門、西大門、南大門、粛靖門）と四小門（恵化門、光熙門、西小門、紫霞門）を指す。
＊7　パゴダ：仏塔を意味する。ここではソウルの鍾路にあるパゴダ公園のことを指す。
＊8　ノドゥル鉄橋：漢江にかかっている鉄橋の一つ。
＊9　北漢山：韓国ソウルの江北区、道峰区、恩平区、城北区、鍾路区と京畿道高陽市徳陽区にまたがる高さ八百三十六メートルの山。
＊10　冠岳山：ソウル市冠岳区新林洞と京畿道安陽市・果川市の境界にある山。北漢山・南漢山《ナマンサン》などと同じく、ソウルの盆地を形成している。

見事だ！　制覇

世紀の前半の終わる年、四月二十日午前三時、内気で澄んだこの地の大気を揺るがす神聖な足音
　祖国を駆けて走る無数の足音
国と国が　民族と民族が　人種と人種が　受けた素質と生涯をすべての魂たちが競う神聖な足音
遥か萬里のボストン・オリンピックを走る足音、秒針の音　四時だ五時だと気を揉むこの胸を駆け
　る足音、秒針の音

ああ！　耳慣れたあの足さばき、足さばき、足さばき　胸の真ん中の鮮明な太極章*1　コリア　先頭
　だ、先頭だ、先頭だ
五時半だ　ああ！　ゴールイン、ゴールイン、ゴールイン　韓民族のチャンピオン　ミスター咸《ハム》・
　宋《ソン》・崔《チェ》*2　決して夜明けの儚い夢ではない　五十万の観衆が歓呼して立ち上がる
勝った、勝った　二十億の競走
五千年ぶりの新記録

勝った、勝った　ああ！　韓民族だ
多くの国と　多くの民族と　多くの宗族の真心からの敬礼を受ける
ああ！　我がチャンピオン咸君、宋君、崔君、兄弟姉妹の三千万の友の感謝の気持ちを受けてほしい

ああ！　聖なる歌が響き渡る　東海の水と白頭山《ペクトゥサン》が*3——力強く響き渡る
聖なる歌が響き渡るとなぜ未だに涙が溢れるのか　この癖はなぜ直せないのか
韓民族が勝って嬉しいから泣くだけなのだろうか
その昔、孫《ソン》・南《ナム》・徐《ソ》、*4幾多の代表たちが世界制覇を成し遂げた日にも
民族皆が人知れず泣いたのだった

けれどもそれはむしろ明白な復讐心
さらに遥か遠いオランダのハーグ、ハルピン、アメリカ、上海、東京、ソウル
驚・・士の・・瞑懸*5　悲痛な復讐　祖国主権回復の行き止まりの道
民族の闘争精神の発祥
ああ！　しかし悲痛な復讐、悲痛な復讐　涙のその癖が簡単に冷めるのか
今や私たちは戦う、戦って勝つのだ

五千年の人類史の新記録
この精神で集まった十億、二十億のチャンピオン
これから私たちは戦う、戦って勝つのだ
世界がしばしば騒がしくても　飢えたとしても
戦う民族　戦って勝ち抜く民族　私たちは不死身
力強く歌おう、東海の水と白頭山が！

—四月二十日記—

〈訳注〉

＊1　太極章：大韓帝国の光武四年（一九〇〇年）年に制定され、国家に功績を残した文武官に与えられた勲章。

＊2　咸・宋・崔：一九五〇年、第五十四回ボストン・マラソンに参加して各一、二、三位を記録した咸基鎔《ハムギヨン》（一九三〇年〜）、宋吉允《ソンギルユン》（一九二七年〜二〇〇〇年）、崔崙七《チェユンチル》（一九二八年〜）を意味する。

＊3　東海の水と白頭山が：韓国の国歌である愛国歌の第一小節。

＊4　孫・南・徐：孫基禎《ソンギジョン》（一九一二年〜二〇〇二年、一九三六年ベルリン・オリンピック金メダリスト）、南昇龍《ナムスンリョン》（一九一二年〜二〇〇一年、一九三六年ベルリン・オリンピック銅メダリスト）、徐潤福《ソユンボク》（一九二三年〜二〇一七年、一九四七年ボストン・マラソンで世界新記録を樹立した優勝者）というマラソン選手を意味する。

＊5　驚・・士の・・瞑懸：元の原稿から読み取れない部分である。

五月の口惜しさ

牡丹の花咲く五月
月桂樹も花咲く五月
あらゆる災いがすべて降りかかっても
私の胸に残っている温かな気運がある
心の琴線に触れる五月だ

何と素晴らしい過去だったか
それ故に忘れられない五月なのか
青い山を歩けば　一日に一寸ずつ
伸びていく草むらの中を
生き甲斐だけが走る五月なのだ

どんなにホトトギスが切なく鳴いても
黄金のウグイスが媚びても
好きだ嫌いだ　そんなことより
漂う香りに身が縛られ
いつのまにか過ぎていった五月だった

解説

言語彫琢の魔術師、金永郎

韓　成禮

一九三〇年代の韓国現代詩は、「詩文学派」と呼ばれた詩人たちによって始まった。この詩派は、当時、新しい文学運動において先駆的な役割を果たした。

朝鮮近代文学史上の最初の同人誌は、一九一九年一月の朱耀翰（一九〇〇―一九七九）、金東仁（一九〇〇―一九五一）などをはじめとした東京の留学生たちが横浜で発刊した「創造」である。続いて、翌一九二〇年に朝鮮で、「廃墟」、一九二二年に「白鳥」が創刊され、一九二五年には朝鮮プロレタリア芸術同盟である「カップ（KAPF）」が創設される。

そして一九三〇年には、同人誌「詩文学」が創刊された。その頃には、「カップ」派と新傾向派文学に対する日本帝国主義の弾圧が激しくなり、朝鮮の詩が生き残るためには新しい表現技法を追求しなければならなくなった。一九二〇年代の詠嘆と感傷、意識過剰の虚無主義、見慣れぬ観念語という文学的土台の上で、韓国文学が一段階さらに成熟するようになったのは、「詩文学」の創刊によってであった。一九三〇年三月初めに創刊された「詩文学」は、同年五月に第二号、一九三一年十月に第三号を最後に終刊したが、この雑誌が朝鮮文学史に与えた影響は多大であった。この「詩文学派」の中心人物であった金永郎、朴龍喆（一九〇四―一九三八）、鄭芝溶（一九〇二―一九五〇）は、もともと徽文高等普通学校の同窓という連帯意識があったため、後日意気投合して「詩文学」を創刊したのであった。金永郎と朴龍喆は、日本の青山学院大学で同郷の友人として偶然に出会い、その後「詩文学派」運動を主導するようになった。

一九二五年から一九三五年まで十年間の朝鮮文壇は、プロレタリア文学派と民族文学派間の対立の時期だった。一九二七年に「海外文学派」が純文学論を主張して文壇論争が触発され、これをきっかけとして純文学運動としての「詩文学派」がより具体化された。こうして一九三〇年に「詩文学派」が結成されてから、一九四五年八月の解放までの韓国は文学史的に見れば純文学の時代であった。彼らは日本帝国主義の抑圧から逃れるために純文学に逃避し、民衆の悲しみの代わりに、芸術至上主義や耽美主義を論じ、芸術の純粋性を主張してその理論を樹立した。しかし彼らは少なくとも、歴史的現実から来る苦痛を忘れたわけではなかった。「詩文学派」は、朝鮮プロレタリア芸術同盟「カップ」の政治的傾向の強い詩に積極的に反発し、政治性や思想性を排除した純粋叙情詩を目指したのであり、それが彼らの最も大きな文学的特色である。内容と形式の有機的調和による自由詩創作と、意識的な言語の彫琢、隠喩と心象の意識的な活用が詩文学派の詩的傾向である。

調和のある言語の彫琢を通して詩人の内面的情緒を表現しようとした「詩文学派」は、新しいリズム感覚と斬新な現代語の駆使によって真の意味で韓国現代詩の出発点となり、金永郎らにより韓国詩は、それ以前とは明確に異なる芸術的レベルに到達した。

特に、金永郎は土俗方言の使用、洗練された母国語の駆使、自己の人生の空間などを詩の画幅に収めることで、韓国詩が近代から現代に移行する架け橋の役割をした。金永郎は、自分の故郷である全羅道地方の土俗語を詩の中に弾力的に駆使して言語芸術としての詩の味わいを生かし、音楽性と感覚性の引き立った韻律を詩の中に盛り込んで韓国現代叙情詩の発展に大きく寄与した。人生論的な「恨」の説話性は、金永郎詩の到達した深い味わいのある境地である。

そして、日本帝国主義の末期になって多くの詩人や作家が親日文学の隊列に加わった時にも、金永郎はたった一つの親日作品も残さずに、創氏改名と神社参拝を最後まで拒否したのであった。そして、親日から離れた傾向の詩を発表し続けた後、一九四〇年九月からは断筆して解放まで文学的沈黙を守った。

金永郎の詩は、今も多くの韓国の読者たちに愛好されている。それだけに彼の詩は、大衆的な共感を得るに値する重要な要素を持っている。

その要件の一つとして、金永郎は西欧文学の影響を受けながらも、韓国の伝統的な詩形を現代詩の中に取り入れ、伝統的なものと現代の西欧的なものとの接木作業に成功したという点が挙げられる。金永郎は、三・四調の韓国の伝統的な韻律を活用して詩を創作した。形と律格を大胆に崩すことから始まった西欧詩には従わず、韓国の伝統的な詩形を固守したのである。伝統的な詩型は当時の読者には馴染みやすい方式であったのですぐに読者の胸を打ち、深い共感を与えた。そして、現代自由詩の形態も意識して、伝統詩の退屈になりやすいリスクを克服するために、西欧詩を発展的に受容した。

二つ目として、金永郎の詩が韓国の伝統的な抒情詩の脈絡につながっているという点があり、彼の詩は典型的な抒情詩からさらに一段階跳躍して、個性的で洗練された素材の選択を通じ、その情緒を表現している。

三つ目として、彼の詩にはセンティメンタリズムや挫折、無気力、愚痴などに流されない逆説的な表現が特徴的であるという点が挙げられる。例えば、「輝かしい悲しみ」(五十七頁)のような詩語の使用である。このように言語の美意識を極めた詩人でもあった。

金永郎は、徽文高等普通学校三年生の時の一九一九年、三・一独立運動が起きると、故郷康津で万歳運動をしようとしたために日本の警察に逮捕され、六ヵ月間刑務所に投獄されている。その後、彼は、一九二〇年に日本に渡って、青山学院中学部を経て大学の英文学科に進学した。しかし一九二三年、関東大震災によって学業を中断して朝鮮に帰国したのであった。

その後、一九三〇年三月、金永郎は「詩文学」創刊号に詩を発表し、文壇に登場する。当時、観念とイデオロギーが横行した文壇で新進詩人の金永郎は、全く新しい雰囲気の詩を発表して注目されるようになる。それ以降、「文芸月刊」、「始苑」、「文学」、「女性」、「文章」、「朝光」、「人文評論」、「白民」、「朝鮮日報」などに、約八十篇の詩・訳詩・随筆・批評文などを発表した。初期の彼の詩は同じ詩文学同人の鄭芝溶の詩の感覚的な技巧とともに、その時代における韓国純粋詩の極致を見せている。

しかし一九四〇年を前後して民族抗日期の末期に発表された一連の後期の詩には、形の変貌とともに人生に対する深い懐疑の念と「死」の意識が示されている。

そして戦後に発表した作品には、積極的な社会参与の意欲が見られる。民族抗日期での限られた空間意識と強迫観念に由来する自虐的衝動である懐疑の念と死の意識を振り払い、新しい国の建設に参与しようとする意欲が充満しているのが、彼の戦後の詩篇に表現された主題意識である。

要するに、金永郎の詩の世界は三つに分けられる。自然に対する深い愛情の表れた詩、人生に対する深い懐疑と「死」の意識が表れている詩、日本帝国主義から解放された後、新しい国建設の意欲で充満した詩がそれである。

また、彼の詩は、純粋抒情詩、四行詩、社会参与の詩というようにも分類できる。

金永郎は自分の筆名として姓を省略して「永郎」とし、二冊の詩集も『永郎詩集』、『永郎詩選』と名付けたほど極度に節制した言語を扱った。詩作品八十七篇のうち、漢詩の絶句と同じ四行詩が二十九篇もあり、その他の詩も短い詩がほとんどである。彼は散文でもそのように圧縮して言語を使用した。

金永郎は前述したように、生前に『永郎詩集』（詩文学社、一九三五）と『永郎詩選』（中央文化社、一九四九）の二冊の詩集を出版した。この日本語の詩集には、二冊に掲載された作品の他に、新聞や様々な文学誌に掲載された作品を含めて金永郎の全詩篇を収録した。

少年期から音楽に造詣が深く、韓国の伝統的な国楽や西洋の名曲を好んで聴き、サッカーやテニスなどの運動にも長けており、解放後には比較的余裕のある生を営んでいたが、一九五〇年、朝鮮戦争の最中に避難することができずに、ソウルで砲弾の破片を被弾してこの世を去った。

金永郎がこの世を去ってから多くの歳月が流れたが、変わることなく玲瓏として、美しく輝くその詩が、日本の読者の方々にも愛されることを願いつつ筆をおこうと思う。

■金永郎年譜

一九〇三年　当歳

一月十六日（旧暦一九〇二年十二月十八日）全羅南道康津郡康津面南城里タプコル二二一—一番地（現在の住所、当時は二二一番地）にて大地主であった金鍾《キムジョン》湖《ホ》と金敬武《キムギョンム》の間に長男として生まれる。本名は允植《ユンシク》。

一九一一年　八歳

康津公立普通学校入学。

一九一五年　十二歳

康津公立普通学校卒業。

一九一六年　十三歳

二月に上京し、キリスト教青年会館（YMCA）にてしばらくの間、英語を学ぶ。康津面ドウォン里の金《キム》銀草《ウンチョ》と結婚。

一九一七年　十四歳

四月に徽文義塾（一九一八年に徽文高等普通学校と改名）入学。後に画家となる李承萬《イスンマン》と同じクラスとなり親交を結ぶ。一つ上の学年には朴鍾和《バクジョンファ》（小説家）、安夕《アンソク》影《ヨン》（小説家及び映画監督）、洪思《ホンサ》容《ヨン》（詩人）が在学しており、次の学年に鄭芝溶《チョンジヨン》（詩人）、その次の学年に李泰《イテ》俊《ジュン》（小説家）が入学して交流を持つ。妻である金銀草がこの世を去る。

一九一九年　十六歳

三・一運動の起きた直後に故郷の康津へ戻り、万歳運動を企てたため三月二十日警察に検挙される。大邱刑務所にて服役するが減刑され、秋に釈放される。徽文高等普通学校を中退し、十月に金剛山一帯と高城の永郎湖を旅行する中で金剛山の永郎峰と高城の永郎湖に深い印象を受け、後に永郎という雅号を使用するきっかけとなる。

一九二〇年　十七歳

九月に日本へ渡り、青山学院中学部三年に編入。このとき、後にアナキストとして活動する朴烈《バクヨル》と同じ家に下宿する。

一九二一年　十八歳
青山学院中学部四年に編入した朴龍喆《パクヨンチョル》（詩人）に出会う。七月に夏休みを迎えて帰国し、声楽を学びたいという意思を明らかにしたが、父の猛反対に遭って声楽を諦め九月以降は文学に専念することを決心して文学書籍を読み耽る。

一九二二年　十九歳
四月に青山学院大学人文科に入学し英文学を専攻。

一九二三年　二十歳
関東大震災が発生し、学業を中断して動向を見守る。

一九二四年　二十一歳
春に帰国し康津青年会、文学同好会などで活動を行う中で、朴龍喆、金玄鳩《キムヒョング》（詩人）らと交流し、ソウルと故郷を往来しながら交流の幅を広げる。

一九二五年　二十二歳
五月に開城の好壽敦女子高等学校出身の安貴蓮《アンクィリョン》と再婚。

一九二六年　二十三歳
長女愛露《エロ》誕生。

一九二七年　二十四歳
九月に朴龍喆とともに上京し、十月に金剛山一帯を旅行する。

一九二八年　二十五歳
九月、長男炫郁《ヒョンウク》誕生。

一九二九年　二十六歳
朴龍喆と緊密に交流し、詩雑誌の出版について論議を重ねた後、十月に共に上京、文人たちに会って詩雑誌創刊の意志を伝え、協力を求める。十二月二十六日に次男ヒョンボク誕生。

一九三〇年　二十七歳
三月に朴龍喆の主宰で「詩文学」創刊号を刊行。この時、金永郎は十三篇の詩を一度に発表する。五月「詩文学」第二号に創作詩九篇と翻訳詩二篇を発表。

一九三一年　二十八歳
三月に次男ヒョンボクが死亡。十月、「詩文学」第三号に七篇の詩を発表する。

一九三二年　二十九歳

三男炫國《ヒョングク》誕生。康津にて夜学を開設する。

一九三三年　三十歳

母金敬武がこの世を去る。

一九三四年　三十一歳

一月、朴龍喆の主宰する「文学」創刊号に「四行小曲六首」を発表。三月に二女愛那《エナ》誕生。

一九三五年　三十二歳

九月に四男炫澈《ヒョンチョル》誕生。十一月に朴龍喆の主宰する詩文学社から『永郎詩集』（詩五十三篇収録）が出版される。

一九三六年　三十三歳

五月に『永郎詩集』出版記念会を開催し、海外文学派文人たちと交流する。

一九三八年　三十五歳

一月に五男炫郜《ヒョンテ》誕生。五月に深く親交を結んだ文友である朴龍喆がこの世を去る。

一九三九年　三十六歳

五月、『朴龍喆全集』第一巻のあとがきを書く。十一月に六男ヒョンジュン誕生。現実との妥協を拒否する内容の抗日詩「毒を持って」を「文章」に発表。十二月に朴龍喆を追慕する散文「人間朴龍喆」を発表。

一九四〇年　三十七歳

二月に六男ヒョンジュン死亡。九月に詩「春香」を発表し、その後、日本統治から解放されるまで断筆する。日本統治時代末期の過酷な状況でも一貫して神社参拝、創氏改名、断髪令を拒否する。十月に七男炫道《ヒョンド》誕生。

一九四四年　四十一歳

一月に三女愛蘭《エラン》誕生。

一九四五年　四十二歳

日本による統治から解放された直後、九月に右翼文化団体である中央文化協会の結成に参加。九月二十六日、父金鍾湖がこの世を去る。

一九四六年　四十三歳

二月に大韓独立促成国民会康津郡宣伝部長と青年団長を引き受ける。三月及び四月に全朝鮮文筆家協会、朝鮮青年文学家協会委員として推戴される。

一九四八年　四十五歳

五月に制憲国会初代民議員選挙に出馬したが落選。九月に家財を整理し、家族とともにソウル城東区新堂洞へと転居する。十月に麗水順天事件の現場踏査団に参加し、詩「夜明けの処刑場」を書く。

一九四九年　四十六歳

二月に韓国芸術文化団体総連合会の前身である韓国文化団体総連合会の文学委員として選出され、八月に公報処出版局長に就任する。十月に徐廷柱《ソジョンジュ》(詩人)が編集した『永郎詩選』が中央文化社より出版される。

一九五〇年　四十七歳

四月に公報処出版局長を退職する。朝鮮戦争が勃発するが避難することができずソウルに身を隠すも、マッカーサーによる仁川上陸作戦を目前にした攻防戦の最中、飛んできた砲弾の破片を被弾して九月二十九日にこの世を去る。遺骸をソウル南山の麓に仮埋葬する。

（没後）

一九五四年

十一月、墓所を忘憂里共同墓地へ移す。

一九九〇年

三月に龍仁天主教公園墓地へ再び墓地を移して、妻安貴蓮と合葬する。

二〇〇七年

『金永郎詩集』ベトナム語翻訳版が出版される。

二〇〇八年

十月、金冠文化勲章が追叙される。

二〇一〇年

『金永郎詩集』英語翻訳版が出版される。

二〇一六年

『金永郎詩集』中国語翻訳版が出版される。

二〇一八年

八月十五日、独立有功者として建国褒章が追叙される。

編訳者略歴

韓成禮（ハン・ソンレ）

一九五五年、韓国全羅北道井邑生まれ。世宗大学日語日文学科及び同大学政策科学大学院国際地域学科日本学修士卒業。一九八六年、『詩と意識』新人賞を受賞して文壇デビュー。詩集に、『実験室の美人』、『笑う花』、日本語詩集『柿色のチマ裾の空は』、『光のドラマ』、人文書『日本の古代国家形成と「万葉集」』などの著書があり、許蘭雪軒文学賞、詩と創造賞（日本）を受賞。宮沢賢治『銀河鉄道の夜』、丸山健二『月に泣く』、東野圭吾『白銀ジャック』、池田香代子構成『世界がもし100人の村だったら』、塩野七生『ローマから日本が見える』など、韓国語への翻訳書をはじめとして、日韓間で詩・小説・童話・エッセイ・人文書・詩アンソロジーなど、二〇〇冊余りを翻訳した。特に、日韓間で多くの詩集を翻訳し、鄭浩承詩選集『ソウルのイエス』、金基澤詩集『針穴の中の嵐』、安度昡詩集『氷蟬』などを日本で翻訳出版し、佐川亜紀、伊藤比呂美、小池昌代などの日本の詩人の詩集を韓国で翻訳出版した。現在、世宗サイバー大学兼任教授。

新・世界現代詩文庫 17 金永郎《キムヨンラン》詩集

発行 二〇一九年十月三十一日 初版

著者 金永郎
編訳者 韓成禮
装丁 長島弘幸
発行者 高木祐子
発行所 土曜美術社出版販売
〒162-0813 東京都新宿区東五軒町三―一〇
電話 〇三―五二二九―〇七三〇
FAX 〇三―五二二九―〇七三二
振替 〇〇一六〇―九―七五六九〇九
印刷・製本 モリモト印刷
ISBN978-4-8120-2542-0 C0198

本詩集は、韓国文学翻訳院の翻訳・出版支援を受けて刊行しました。